U0501417

+ 第39届青春诗会诗丛

《诗刊》社／编

握过月光的手

许诺 著

长江出版传媒

长江文艺出版社

39 青春诗会
Youth
Poetry

元复诗歌基金支持

许 诺

江苏南京人。毕业于北京大学中文系。出版
有诗集《在樱桃红之前》、文艺评论集《赦
免与回归》。作品散见于《诗刊》《星星》
《扬子江诗刊》《解放军文艺》等。

目录

辑一　握过月光的手

辑二　我生命中没有写出的部分

辑三 和我同名的人

辑四　绕开前面那朵闪电

辑一　握过月光的手

走吧，去边关

走吧，去边关
趁你的迷彩和战靴还鲜亮的时候
趁你的棱角和被角一样
还硬邦邦
支棱着的时候
趁山溪还没有结冰
胡杨还没有落下第一片完整的叶子
旱獭还没有挖好
它过冬的第一个巢穴

走吧，去边关吧
趁巡逻路上的脚印还没被雪盖
趁界碑上的红油漆
还没被风吹干
趁你还没学会沮丧和抱怨
趁还可以再冲动一次的时候

去边关吧，就在今天
因为今天
就是你一生中最好的时候
这一秒，让我们接踵摩肩

连成横平竖直的线

下一秒，让我们用力收拢

浑身上下的刺

像刚出炉的铜块那样

一排排，面对面地

码进由风沙涂鸦的东风大卡

让我们和时间干耗

和搓衣板一般的盘山路

彼此周旋，彼此蔑视

再彼此和解

让我们面对面微微一笑

露出满嘴金黄的沙子

在午饭时间

吐出还没消化的最后一口早饭

神态自若地摘一片白云

擦净嘴角

然后，就这么边说边笑着

经过我们生命中

第一个 5000 米达坂

这是高原为我和你

精心预备的

成人礼

及喀喇昆仑

一

找一片云，坐下
看山——
终止在历史句号之间的山
建筑在白垩纪龙骨之间的山
顶在上古夏语
和你上颚的家乡话之间的
山

自巴别塔倒塌之后
这座山就有了不同的名字
喀喇昆仑，只是其中之一
这些名字像崖壁上
人工开凿的锚点
供我们沿着音节，缓缓
向上攀爬
直至记忆的开始

必须承认：山

才是这里的正式主人
她们有理由拒绝
成为任何一扇窗户上的景色
或是被某一组阿拉伯数字
标注和翻译
只有生命
只有生命的长度和宽度
才配成为山的
度量衡
所谓万物灵长
不过重新退化为哺乳动物
膨胀的灵魂也会渐渐坍缩
重新成为卑微而虔诚的
碳基生命

是的，站在喀喇昆仑的目光里
你只能像婴儿般
用笨拙的呼吸和哭泣
祈求她的
点滴爱意

二

无人有权说永恒
因为山在云端微微呼吸的须臾

就是永恒

在山永恒的凝视下
无数个须臾之间
有蒲公英般的年轻人
从远方飘来
整齐地，走进黄昏
用他们的一生
堆积山的一瞬
勾勒出峰与谷之间
黑白分明的交界线

他们的名字
如婴儿
被岁月温柔地揽在怀中
一遍遍摇荡
他们的故事
像雪莲的种子
被风吹
又在河滩的石缝里落种
在夏天的冰河畔结子
再长出雪莲……

于是
在这个无法言说永恒的地方

有这么一些须臾

纵然无法战胜时间

也要固执地

蔑视时间

向天空鸣笛

远古冰川碾碎山脊
页岩和矿石
化为齑粉
风把它们的混合物依次卷起
依次抛入空气

汽车马达就在这浓稠的空气中
慢慢沸腾
烹饪一切

此刻，若有人从空中俯瞰
他需要保持耐心慢慢寻找
才能在灰黄白三色调成的巨大风景画中
找到那条细细的线——
编号为219的公路
是从泥土里生长出来的路
也是通往天空最近的路

高原，此刻正带着他莫测的微笑
从四面八方伸出手
逗弄每一个铁皮车中的凡人

橡胶车轮在坡道和弯路上
磨出棱角
与此同时，铁皮车里的凡人们
也渐渐
磨出了坚硬的壳

如果你用手指蘸着口水
在黄土蒙面的车窗上割开一道
狭长的缝隙
你会看见：
一座黝黑的尖碑
兀自站在地平线尽头
像一个箭头
在这片任何之物都无从生长的地方
指明了
松柏的位置

是的，石碑失去了重量
成为一叶黑色的帆
在群山的浪尖上沉浮、颠簸
而铁皮车们，则吸入稀薄的氧气
吐出灰色的二氧化碳
把人们的祈祷
驱赶到石碑和松柏前面

此时，驾驶座上的成班长
——那个早已被高原和阳光
洗得黝黑的 90 后老司机——
抬起花岗岩般纹路纵横的手掌
在方向盘的心脏处郑重地按下去
——就像出征前
他们郑重按下
一个个手印。于是——

高亢的汽笛声
沙哑的汽笛声
尘埃满身的货车的汽笛声
油光锃亮的豪华越野的汽笛声
六十年前的汽笛声
一百年后的汽笛声
都从永不溶解的冻土之下
从青黑的山峰之下
喷薄而出

长，短，短，长——
历史被切割成长方体和立方体
堆积成块，如鲠在喉
所有活着的人都无偿上缴
发声的资格
唯有汽笛

密如雪片

震如雷响

一声声灌满天地之间的缝隙

过去与未来之间的缝隙

如同热泪灌满眼眶

如同闪电

灌满

灵魂

康西瓦，时间的阿谀

一

碑，一座尖碑
背靠天空
面向喀喇昆仑
像是高原从胸腔中
咳出
一枚黑色的针

康西瓦
就这样被牢牢钉在大地之上
113 座墓碑，犹如 113 个惊叹号
每一个，都意味着
一个故事的结尾，以及
另一个故事的开头

对于陡峭的山脉而言
这里，是平坦的
对于知道康西瓦这三个字的人而言
这里，是陡峭的

远道而来的读者
早已在颠簸中把心脏磨出了茧
却依然在这片惊叹号面前
重新洗净
心底的柔软

数十年来
过往的行人朝拜康西瓦
并不仅仅因它是英灵的居所
更因为，它是青春
和这片从未被征服过的土地一样
从未被征服过的青春
是记忆
和这里的巨大山峦一样
永远无法被时间溶解的
记忆
是信仰，是忠诚，是敬畏
是最清澈的爱本身
除此之外，别无他物

二

到了，终于到了
我听见有人在心里喊——
急切的脚步可以停下了

急促的呼吸可以停下了

口袋里的那把糖

可以掏出来

轻轻放在墓碑上面了

风，刚刚带走三根香烟的体温

它总是以此来问候这些

在六尺之下沉然安睡着的、还从未抽过烟的

年轻人们

黑白的、彩色的照片

微笑的、青涩的脸孔

干枯的、庄严的花束

还有产地各异的酒、水果、花生和香烟

每座墓碑前

都在举办一场简陋而庄重的聚会

每一块墓碑

都被人们用手、用袖口、用纸巾

用泪水

擦得锃亮

假设

——让我们姑且这样假设——

你们依然像孩子一样喜爱糖果

喜爱一切令人幸福的事物

所以

你们才把自己留在这里

每天守望幸福

若不是这样

……若不是这样

你们的父母

又怎么舍得把你们

留在这里？

太阳就要落下了

我絮絮叨叨的闲聊

也该停下了

在离开之前

就让我再念一遍你们的名字吧

从 1 到

113

这里，每一颗石头、每一阵风

都像我一样

叫得出你们的名字

每个字、每个音节

都有沙子、岩石

和高原的棱角

是的，对于康西瓦而言

时间不过是一种阿谀

它无法征服这里

时间，只能让埋在这里的种子

生根、发芽

长出漫漫雪山、戈壁

星光、长路

城市、农田……

天空，哨所

云，正在掀开我的帽檐
好让我看见黎明
掩埋的帐篷
冻僵的石块刚刚醒来
它们身上，还刻着群星的晒痕
哨兵们，早已习惯笔直
就如手里笔直的枪
每一条钢铁都冰冷而温暖
银色的枪尖上，还闪着
昨天晚上的月光

是的，云掀开我的帽檐
好让我看见
那些微不足道的奇迹
让我学会分别、判断
如同从泥土中
分别黄金
比如：无梦的睡眠是奢侈的
温度适宜的呼吸是奢侈的
气味好闻的水果摊和可以沸腾的火锅
是奢侈的

而被写进神话的雪莲

经由亿万年造山运动

远道而来的熔岩、三叶虫和海螺

垂手立于山巅的银河以及

炼瓦色的天际线

是日常的

是的，在这里

我们重回婴儿期

从头咿呀学语

富有与贫瘠，瞬间与永远

忍耐与享受，奉献与获得

语义一个接一个

弯下身躯、互换位置

……

或许是因为这里的风掏干净了每一颗心

既年轻又苍老的士兵们

在太阳应该升起的时刻

一次又一次头顶地平线出发

用每一次含氧量不足的呼吸

把空气染白

以此为记号，巡逻路上每一颗砂砾

都成为某种标记

一路抵达界碑

如果某一天，我舍得告别
舍得让眼泪在我们彼此的鼻尖上化冻
如果我舍得离开
回到氧气充足却呼吸艰难的城市
那么，我会告诉你——
在那个暴风雪也盖不住脚印的地方
在那个死亡也阻止不了奔赴的地方
在那个年轻而苍老紧紧相拥
高原与祖国同时存在
的地方

在那个人与天空融为一体的地方
在那个背影与界碑融为一体的地方
在那个过去与未来彼此依偎
瞬间与永恒同时存在
的地方

在白色的脚印
流淌为丰饶的黑土
的地方……
在那里，有一座哨所
它属于天空
天空，也属于它

在那里，曾经住在你隔壁的孩子

用他们干净的心

和粗糙的手

一遍又一遍，在地平线的界碑

和被高原雕刻的脸颊上

同时抹上属于祖国的

红色

是蓝色的，也是白色的

我默立于南海之上
双脚踩着来自太平洋的
六亿七千万朵浪花

哨所，我的哨所
温柔得如同
海岛望向天空的眼神
无数个日夜，她与我并肩伫立
银色的深渊
一次又一次
虔诚地亲吻她的双脚
远道而来的未知
一遍又一遍沾湿她，又风干她

——她的名字
是士兵和大海之间
最柔软的秘密

哨所，在珊瑚身体上长大的
雪白的哨所
紧实的皮肤下跳动着

不安分的心脏
她像沙滩上的孩童一般
总是吵嚷着，向大海
要一次冒险
向信天翁
要一次远行

海岛日记

海面，悬挂在萨克斯蓝之上
它慷慨地允许我独享
正被另外 80 亿人
分享的太阳

我张开四肢
陷入海岸线和礁石松软的怀抱
日光垂下眉眼
顺着环形海礁，缓缓而至
在正午时分
烤化我唇上的冰雪
又在燃烧的傍晚
洗净我肩头的尘与土
云和月

穿红舞鞋的海鸟
在我与世界之间跳跃：
左脚、右脚、左脚……
如同队列在日晷上
精密地行进
我一遍遍数着

就忘了自己的名字

——因为，队列之中

我只是一枚

秩序的齿轮

这是我的齿轮，定格的地方——

我的右脚

已浇铸在雪白的礁石上

我的背影

已浇铸在墨蓝色的大海上

我的脸上

沟沟壑壑，都写满了

海风的情话

我的指纹里，密密麻麻地

写满了命运

每一个字

都是迷彩色的

钢钉或浮标

像海岸线尽头的
那座浮标
像一只,远道而来的信天翁
暴雨和雷鸣中,当我
瞥见它雪白的身躯
方向
就重新找到了我
一切被重新赋予了意义

这座岛屿,像螺丝钉一样
铆在海床上
螺帽上,只能写得下
2.1平方公里的守岛日记
这座岛屿和我们一样
夜以继日地平淡无奇着
但当风暴来临时
海岸线,会记住我们
消失在浪花之中的样子

如果有一天,我上岸
回到陆地

褪去鱼鳍和鳞片

长出肺和双脚

像白垩纪的那一次海陆大迁徙

我也会永远怀揣着

20 岁那年的风暴与海啸

晨曦与落日

永远记得，倒映在钢钉上

的那一抹微光

我所有的惊心动魄

所有的平淡无奇

都是为了这片海而存在

海上来信

我想象不到，这封信
会怎样抵达你

在这个用网络
代替马匹
运送语言的年代
在这个每一声问候
都必须立刻得到回答的年代
在这个等待不再是优雅
忍耐，不再是美德的年代

所以
这封信，将如何穿越年轻的海豚群
穿越长途跋涉的海鸟
穿过海床上脆弱的珊瑚礁
像一个老朋友那样
微笑着，抵达你？

我唯一能想象到的是
当你读这信的时候
海上的浪花

一朵朵，在远方盛开
每一朵，都开出不同的故事
每个故事里
都有一个回不去的家

风亲过的脸

风，从四面八方奔来
莽撞地
冲进一张张
春桃一样柔软脸颊
它在你的眼角、嘴角、鬓角
留下一道道
温柔的吻痕
这是风能送给你的
最贵重的礼物

这是一份
躲无可躲的礼物
一天 24 小时，一年 365 天
从峡谷的裂隙中
从营房的窗缝里
从领口、袖口、裤脚和帽檐
风嚷嚷着，吵闹着
抓住一切机会
热情地亲吻你
像一位爱意泛滥的母亲

是的

风，用她最特别的方式爱着你

因为你

是她最引以为傲的孩子

怀里揣着的

都是这片大地的心跳

而你

你也坦然地承受着

风的溺爱和亲吻

哪怕这馈赠

会顺便带走你青涩的模样

只留下你最美的

海岛红

珊瑚上的弓

帽檐下那一朵
小小的阴天
踮脚
歪立在我鼻梁上
安抚着那一块
被太阳晒得
像花瓣一样翘起的皮肤

0.009 平方米的清凉
随着太阳的角度
俏皮地变换形状
正午，它消失
只留下汗水蒸腾后
粗糙的盐粒

我是一张弓
在石块高高筑垒的堡垒中
把每一个日出
每一个日落
狠狠地拉满弦

我是一张弓

海岸线尽头

每一片隆起的浪花

都是我绷紧的理由

零下与零上

早晨，22 岁的班长张利
把气温计上的数字
当作笑话，讲给我们听——
即使这笑话冷得人脸颊生疼

寒冷，像你爱的人
以及你恨的人一样
都喜欢用痛感
来提醒你它的存在

但在张利看来
所谓"中国北极点"
只不过是刻在旅游景区里的修辞
它的最大危害，不过是
提供了千篇一律的纪念照
而真实的
寒潮、暴雪、冰疙瘩
都不值得浪费口舌去标注或命名
老班长们用拇指在风里一掐
就能报出今天的温度
凭一副老寒腿，就能准确预报

飘来的那片乌云里

有没有雪

没人在意温度计

所以，它常常趁人不备

就让红色的液柱纵身跌落

跌破零下五十摄氏度的时候

风和树，水和光

泥土和石块

天空和星辰

就换了个样子

士兵和士兵

也换了个样子——

巡逻时间到

精瘦的小伙子们

一个接一个变成了浑圆的白巨人

防寒服、雪地靴、雪地衣……

不只针对敌人

更针对物理定律

但即使是这样，代价

依然是必须的

在无法弯曲的膝盖

和可能被冻掉的脚趾之间

在每一次刺痛肺叶的呼吸

和精疲力尽的跋涉之间

在又脆又薄的皮肤

和坚如磐石的冻疮之间

选择，是必须的

在另一个时空里

或许有校园温热的午后，有躲躲闪闪的牵手

可在这个时空里的张利和战友们

早就已经明白了比寒冷更加残酷的道理——

军人终其一生

都在选择

在生与死之间

在生活与使命之间

在隐忍与出击之间

在痛与更痛之间

选择。选择

流着汗，流着泪，流着血

选择

哪怕撕开衣服粘着皮肉

哪怕脱下鞋子，倒出脚趾

也要选择，咬着牙

选择，选择

于是，张利和战友们

在无声的雪幕中出发

像一支冰凌刺破了这幅

叫作巡逻的水墨画

齐腰深的白色把画幅砍掉了一半

就像零下五十摄氏度

把生活，砍掉了一半

于是，这群雪白的男孩

就这样，行走在零下

他们的另一半

依然在零上

呼呼地

冒着热气

猎人和看过第一缕阳光的树

阳光，从地平线上伸出食指
轻轻拨弄
上冻的老钟：5 点 30 分

驻足在清晨 5 点 30 分的三角山
地图上，一个不足尘埃大小的点
这棵樟子松就长在
尘埃的缝隙上

在这里，他们说
一切都需要付出代价
例如这棵树
它每天能看见照进中国大地的第一缕阳光
代价是，它必须比所有其他的树
更能忍受寒冷、黑夜
和茫无边际的寂寞
更能忍受
每长出一道新年轮时
刺骨的疼

在这里，他们说

能见到横冲直撞的獐子、驼鹿和山兔

能在 8 月湿润的蓝莓丛中

找到新鲜的白蘑

代价是，必须习惯于被狼群和野熊

视为猎物

习惯于无论白天黑夜

都睁着充满血丝的

警惕的眼

在这里

这些习惯于被视作猎物的

猎人们

必须学会抛弃一切不必须的

藏好一切必须的快乐

以此换来

骄傲的年轮

密　码

雪原，吝啬而残酷
只要有机会，它会鞭打和剥削
每一个经过它的人

为了保存热量
行走边境线的年轻猎人们
尽可能地沉默不语
漫长的雪线上
他们被白色包裹的迷彩
安静得像是一个秘密
彼此之间传递一个眼神
像传递一个密码
只能被极少数人破译
他们身后的雪原上
留下了一串串陡峭的
叫作青春的
暗号

哈拉哈河畔

这个月，牛羊
垂下优美的脖颈
哈拉哈河的晚霞，就粘在
粼粼波光
以及牲畜们低垂的睫毛上

这个月，天鹅在卵石上梳理
即将远行的羽翼
哈拉哈河的清晨
就睡在
晨雾萦绕的脚蹼边

每到樟子松在风中摇摆的时节
就会有高高低低的人群
身披晨雾
沿着昨夜的梦
一路，从远山深处走来
沉默如天鹅和羔羊

起初，你会听见
人们用不同的脸

和同样的腔调

遥远地唱，唱——

"安静的、喧嚣的哈拉哈河

温柔的、汹涌的哈拉哈河

父亲的、母亲的哈拉哈河

祖父的、孩子的哈拉哈河

从古远的故事

一路流到血管里的

哈拉哈河啊……"

后来，你会听见

一茬又一茬的新连长和他穿新战靴的战友们

一茬又一茬地站在樟子松前

立正，报告——

向那个被哈拉哈河水带走的

29 岁的边防连连长

和等了他一辈子的女人

报告

而他们

早已成为河流的光晕

在晚霞和晨雾中

他们手牵手

听着哈拉哈河

安静的、喧嚣的哈拉哈河

温柔的、汹涌的哈拉哈河

父亲的、母亲的哈拉哈河

祖父的、孩子的哈拉哈河

……

小菜园

如果冬天太长

就来小菜园吧

一座用泥瓦、玻璃和电热管

重重武装起来的堡垒

小小一方

一亩四分的土壤

所有新鲜的希望都在这里躲着

像核桃的仁

交出长达半年的雪季

以便老班长,用满手冻疮

来服侍这片

娇滴滴的土地

他恨不得敞开棉衣

把冻结的泥土揽进怀里

再一口一口地

哈出肺里的热乎

把种子焐暖

这里的每一粒泥

都散发着春天

轻盈的香气

到了下雪的日子
预料之中的雪花
在堡垒外咯吱作响
小菜园里，土豆蜷缩着身体
软绵绵地在泥土里长胖
拇指大小的西红柿
正趁着天黑悄悄变红
老班长从老家带来的朝天椒
正静静地长出
一排排
尖尖的乳牙……

这一刻，这一刻
雪片在屋檐上睡下
黑夜在营房的灯光里融化
老班长的梦
在眼角慢慢长大的皱纹里融化

今晚，他梦见了另一个菜园
一个总是在夏天里的菜园
那里，一望无际
蚕豆和荠菜在开花
豇豆蔓和丝瓜藤爬满了院墙

溪水永不结冰，清亮的水底
是螺蛳和小鱼苗的农场……

老班长在梦里笑出了声音
他呢喃着，一翻身
就又梦见了
哨所发电房背后的那小小一角
说到底，那里才是他最心疼的
宝贝得女儿一样的
小菜园

握过月光的手

手
19 岁、21 岁、25 岁的手
关节被铸成钢筋齿轮的手
皮肤裂出一道道峡谷的手
指缝被泥土淹没
掌心长出一层层页岩的手

手
爬满肉刺、锯齿
指甲厚如铠甲的手
与冰冷的枪身、滚烫的炮管
和酷烈的天气
扳过腕子的手

手
不眠不休
扼住黑夜闸门的手
用血肉
抵挡刀锋的手

无人区的夜

三千里静谧无声
万仞之上
达摩克里斯之下
有多少无名的双手
右手，握着千万根
通往城市的灯光
左手，轻轻握住一缕
故乡的月光

辑二　我生命中没有写出的部分

开　刃

我渴望，被挖掘
从流水线般的生活中
挖掘
一支锈迹斑斑的工兵铲就足矣
足以把那些潜伏在身体里的
蓝色的铜
白色的铝
赤色的铁
一块一块，掘出泥土

然后，用阴雨，用太阳
用火焰，用风暴
去锻造，去淬炼
最后铸成一支剑
一支，用干将莫邪的骨头
铸成的长剑
——这把剑，剑身上
满是结痂的伤口
剑柄上
刻着那几年青涩的青春

我要用迷彩的砂纸

一遍又一遍

把结痂的地方磨平

用朱日和的风沙

把刺手的青春抛光

用汗水，像锤子那样

一滴又一滴

把凹凸的钢铁砸平

最后，我要用

要用滚烫的硝烟

为这把埋藏在几千年怒吼声中的剑

细细，开刃

瞄　准

我闻见
没膝的春泥中
浅褐色西瓜虫清淡的体香

在野花将要开放的山坡上
五月，颤抖着
微微发热

在这片泥土里蛰伏了太久
时间，作为尺度
已经毫无意义
此刻
太阳正从天空的右下角溅出
它的火星
从三万米高空鱼跃而下
跃上我的脊背
跃上我的小腿、脚跟……
烧灼
从神经末梢开始

一秒钟，六十个一秒钟

一毫米，一百个一毫米

时间，从我的脚跟

慢慢向上攀爬

它的火星

一毫米、一毫米地

灼烧到食指

我右手的食指

此刻，我正把它轻轻地

搭在扳机上

像一朵云一样轻

像一片风一样轻

像一声叹息一样轻

它在等待

等待那万分之一秒的到来

等待击发

等待用生命

去触碰火焰的冷

为了这个瞬间

它和我一起

躬身在静默中

五十万秒

在等待与等待的缝隙中

我右手的食指

渐渐消失

我的存在，也渐渐消失

骨头、皮肉、头发

和新长出的胡茬

都渐渐消失

溶解在空气中

只剩下身体的重量

像鹰爪一般深深扎入

五月，柔软的大地

我蛰伏在这片柔软和平的大地上

准星，穿越伊木河畔

那片野花将要开放的山坡

收束在山坡尽头

那片硝烟色的黑暗

喊　湖

每周五傍晚
是喊湖的日子

如同我们拥有不同的故乡
此刻，我们拥有同一片湖水
等汗水干透
等黄昏，静静降落在水面上
我们就脱下迷彩
脱下战靴
赤脚跑向
湖上的月亮

——"月亮只有一个，对吧?"
——"所以，她能看见我，也能看见你
她能听见我说，也能说给你听
……对吧?"
那么，就请她
把我少得可怜的情话
吞吞吐吐的问候
裹在月光的琥珀里
赶在她们醒来之前

轻轻扔进我家的窗户里……

好吗？

每周五傍晚

是喊湖的日子

月亮听见，这些

沙哑的、高亢的、低沉的

湿漉漉的声音

此起彼伏地

喊出一座村头的山

一首情诗

或是一段摇篮曲

星星坠落在你枕边

姐姐
我等了一整晚的月亮

我想让晚风握着你的手
把我身上每一块酸痛的肌肉
再轻轻揉一遍
把手肘和裤脚
花白的破洞
再细细缝一遍

我想让你握着我的手
帮我脱下沉甸甸的
浸透泥土的黄迷彩
再一件一件
把它们放进星光里
洗干净
我的脸，也像小时候一样
被你洗得
干干净净

姐姐

我等了一晚上星星

那颗星星

有时候，它近在我的眼角下

有时候

它却在更远的地方

姐姐

我记得那个晚上

你伸手指向透明的夜空

那颗星

镶嵌在你食指上

像一颗

小小的太阳

姐姐，今晚

我也看见了这颗星星

它，将要横穿整个夜空

在故乡的清晨

轻轻坠落在你枕旁

肋　骨

用机翼，小心抚摸
天空的肋骨
他们柔软得像是羽毛
在突破音障之后
依然温柔地拨开云层，露出晚霞
和地平线上最后一缕阳光

而我，我是天空
那颗跳动的心脏

没有人失去翅膀
我将在月亮升起的地方
寻找童年村头的枣树
浸着西瓜的河流
月光躺在机翼上
飞翔的影子
轻轻盖在金色的麦田
麦田安睡
枣树安睡
家乡安睡

等我驾驶着羽毛

轻轻降落

把最柔软的那一根肋骨

带回爱人的梦乡

这是我思念的方式

今晚，老家的春天就要来了
稻田里的秧苗
将在月亮下
一根一根地，生长出夏天

今晚，潮水就要来了
在乌云背后，我认识的那只燕子
很快就会衔来第一口春泥
在房梁上，产下第一枚卵

就是我思念的方式
赤裸的、浓郁的
不值得被讲述的思念
硬邦邦地
思念父亲
皱巴巴地
思念外婆
思念脸颊通红的妹妹和
刚在朋友圈买了新球鞋的同桌

这是我思念的方式——

低下头
数数屋檐下新筑的巢穴
就像数你新添的白发
就像用时间去细数
我离家之后的
时间

第九道

心跳
早于发令枪声
零点零五秒

你站在第九条赛道上
终点线和恐惧，成了驱赶你
向前的
绝大部分原因

第五圈
热气腾腾的战友们
鱼群般离你远去
你逆着秒表的滴答声
拼命前游
每一次呼吸
都像开水浇在肋骨上
又烫又冷

第七圈
撕扯，发生在所有部位
大腿和小腿、肌肉与骨骼

意志和肉身

都在渐渐崩坏

第九圈

你瞪眼看着

鱼群，一片一片冲进终点

计时器上跳动的数字

是一条条绊脚绳

你脚步笨拙

年轻得趔趄

终点线外

睡在你上铺的战友们

纷纷观赏

你——水族箱里

最后一条鱼

你没想到，眼泪会代替汗水

成为第一次比武场上的

勋章

可即使如此

即使如此

你也不能停下

你还是要一边哭

一边继续踉跄地

跑在自己的，你自己的

第九道上

引　线

——在麻栗坡的茶场边
升起一把噼啪作响的篝火
我的故事
便有了开头
和结局

雷场边的相思树下
曾下过一场雨
那场雨像火一样
点燃了我
也点燃了那些
即将破土的种子
于是，我和我年轻的生命
得以在烈火中永生

如今，我用指尖
轻轻拨开历史递来的引线
不想惊动雷火
那半埋在泥土里的雷火
黑暗，沉重而冰冷
从任何意义上来说，它都是严肃的

是一段极度凝练的隐喻
可又反讽地吐出一截
俏皮的舌头

硝烟早已在我脸上
同时写下了骄傲和谦卑
血管收缩
鲜红的肾上腺素
在角膜上簌簌流过

这一刻我祈求
祈求自己不是懦夫
祈求茶场的下一场丰收
祈求我的母亲能在今晚
接到我打过去的电话
用家乡话告诉我
今天我爸爸
都吃了些什么

那么，来剪断这根罪恶的引线吧
为此，我不惜付出一切
在一瞬间度过一生
也好过
从生至死默默无闻
就算升腾而起的弹片

把我的骨头剔得一干二净
至少大地上还剩下一具
乐观开朗的肉体

那些在竹简上大书特书的丰功伟绩
也不过如此
在倏忽之中
等待
等待……

在冬日的星空下等我

吹干墨迹
把它折好
塞进左边胸前的口袋
文字变成了一种仪式
它像一枚小小的盾牌
护着我最脆弱的
那根肋骨——
一封后留家书

"如果我回来
请你
在冬日的星空下等我
我会把欠你很久的戒指
慢慢
套进你柔软的无名指上"

"如果我回来
请你
在母校的操场边等我
我会把写满了歪七扭八祝福的纪念册
悄悄

放进你高三的抽屉里"

"如果我回来
请你
在故乡的小河边等我
我会像个孩子一样扑进你怀里，把额头
轻轻
放在你的肩上"

如果
如果，是我能送给你的最好礼物
也是我留给自己的
最后一颗子弹

是的，如果
我那双惯于握紧钢铁的手
也同样能够紧握住
弥散在时空中的可能性
像春天的农夫
紧握住一颗
晶莹剔透的种子

下雪的日子，把靴子扔上树梢

下雪的日子
我解开鞋带，把战靴扔上树梢
把自己的一部分
挂在静止与飞翔之间
等它和积雪一起落下
春天，就来了

冰川融化的日子
我把脚埋进石滩
等脚背与河岸一起长出嫩芽
我，就成了这片高原上的
第一棵树了

虽然这里的春天
总是姗姗来迟
可我足够耐心

等四月、五月、六月和七月
和茧一起
慢慢爬上手掌
等时间，在我的身体上

长出铠甲

我就会伸出双手，紧紧抱住

这里姗姗来迟的春天

手指之间

依然保留着

去年春天留下来的柔软

低姿匍匐

左手抓地
右手执枪
双脚狠狠在泥土里
踏过的那个
是过去的自己

匍匐前行
匍匐前进，意味着保存自己
保存自己，就意味着
打击对手

是的，当我们匍匐前进的时候
能闻到泥土湿热的气息
能感受到手肘被磨破
膝盖被磨平
可也能感受到一种坚韧的力量
像植物一样
在身体的每一寸肌肉之中
生长着

因为，匍匐前进

是离大地最近的

进行曲

意 义

我的生存方式，决定了
我死去的方式
在这里，我学会每一个冬天的寒冷
学会压缩自己的触角
也学会勇敢，比聪慧更重要的勇敢
令无论怎样的野兽
也无法夺去胸中，高贵的灵魂

当生命从一个弹跳到另一个
如同激流，冲起河底一块卵石
数十万年来，它时间停滞
流动的一切，只不过是更高明的牢笼
如今，它却可以亲吻天空、爱人
坠落于永生

如果我注定用与众不同的方式死去
那是因为
我也曾踏进了一条与众不同的河流
而人们看见你站在高处
却看不见
你的荒凉和孤独

就像你不明白极光的意义

不明白：为了爱和一些别的东西

暮可死，朝可生

雨林里的加冕

下连第一个月
新兵一头撞进
热带雨林
水蛭、毒蜂和飞蚁
纷纷前来欢迎
面对这些久别的恭候
他们全副武装
却依然全身赤裸

迷彩服是个锅盖
锅盖之下
汗水，正在蒸煮胸腔里
每一次急促的呼吸
新兵不断挥去十指上的黏液
徒劳地仰视着榕树刺入天空
——绞杀，他们对迷彩
对功勋的幼稚幻想

是的，在刚刚被剃了锅盖头的年纪
他也曾幻想过
下连第一个月的生活

就像一把剑鱼鱼苗

被投入汪洋大海

他将如同金沙般被淘洗

被珍惜

在军营母亲一般的怀抱里

被打磨，被抛光

成为一颗珍珠

如今，他手持汗湿的枪筒

双脚，陷入锯齿状的泥沼

里程和方向

蜘蛛一般，结成巨大的网状结构

雨林就是这样显示着自己的威风

——它对于闯入的每一个生物

都是如此——

一路上，它对每一个新兵

垂涎欲滴

因为它知道

走出这里后，这里的一切痛苦

都将为年轻的额头

——加冕

擂　鼓

实心弹夹，1522 克
每向前奔跑一步
它结实的体重，就在我胸口上
刻骨铭心地砸上一次

咚，咚，咚
这鼓声
超越了周遭的一切声响
擂响了每块肌肉、每块关节之间
川流不息的疼痛

咚，咚，咚
如果没有这声音
我不会知道
一克，有多重
一千克，有多重
如果没有这声音
那么
迷彩粘在皮肤上的烫
背包带勒进皮肤里的痛
战靴里的水泡

磨破之后的滑
……所有这些形容词
意味着什么
我永远都不会知道

咚，咚，咚
这鼓声
是跳动在肉身之外的第二个心跳
每一个鼓点，都擂响一个战士
对前方的渴望
对强大的渴望
对下一次疼痛的渴望

咚，咚，咚
血液敲打血管的声音
战靴敲打地壳的声音
青春敲打年轮的声音
血肉敲打骨头的声音

咚，咚，咚……
一个战士
生命的声音

我生命中还没写出的部分

苍鹰消失
天空下，羊群
只不过是灰白的断点
聒噪而又沉默
我坐在赤裸的石堆中
给你写信
我的心，也是赤裸的

当我写信的时候
我左手无名指
被风的匕首划破了
指尖一滴鲜血，暖得很温柔
像你，像我们
像那一天，站台上的告别

我写了四封信
都没有寄出
一封，告诉你
这里的星空很低
低得我一抬头
就能看见你的眼睛

一封，告诉你
这里的石头
和我一样固执
几千年、几万年
哪怕风化成沙砾
也倔强地守在这里

一封，我想说
还会有好天气
还会有明亮快乐的时候
还有一封
我什么也没写
可你，我想你会知道我的意思
那是我生命里还没写出的部分
需要你用下半辈子
握着我的手
一笔一画地
把它写完

辑三　和我同名的人

无名墓地

一座小丘
一米见方
土壤厚沃
青草丰美

如果没有那些集满指印的石块
没有，那些爬满青苔的凹痕
又要用什么来证明
曾有人在这里活过
又死去
如果不是那些无根的鲜花
又要用什么来证明
这里的每一把黑土
都是咸的
一下雨
到处
都是泪和血的味道

这座一米见方的隆起
温柔的曲线
只是它

假意示人的面具

在地下

在历史坚硬的地表之下

它深不见底

却又挤满了一个又一个

硬邦邦的灵魂

一米见方的坟茔

像一把锋利的刀片

在地平线上割开

一个又一个忘不了的伤口

贪得无厌地张开嘴

等待着

它在等着那群

唱着歌的年轻人

从时间深处走来

去填平

这深不见底的黑暗——

那就

把田地投进去

把房屋投进去

把爱情投进去

把血肉投进去

把回忆投进去

把幸福投进去
把未来投进去
把一切，都投进去

把我曾经拥有的、我即将拥有的
我可能拥有的
都投进去
一切，就是这个意思
没有一点一滴的保留
没有一丝一毫的剩余
一切
就是这个意思

投进去，源源不断地投进去
直到
填平这深不见底的坟茔
直到把贪婪丑陋的黑洞
变成一片
青草丰美的隆起

雷 场

这里
无辜如同羔羊
每一寸土地
都流淌着善良
直到战争亲手掘开泥土
埋下了不可降解的
恶意
也埋下了无数个年轻
干净的生命

这里
肥沃如同江南
温柔的栗树从松软的泥里
伸出柔嫩的根系
一层一层、把地下漆黑的雷火
细心地包裹起来
如同绷带
包裹住战争的伤口

可这些战争的遗卵
纵然被雨水腐蚀得面目全非

也依然拒绝

向和平世界

交出杀意

村民们空荡荡的裤管

空荡荡的山林

空荡荡的村庄

战争的记忆

还在低空盘旋

还在一个又一个沉默的身体上

书写残缺不全的

凄凉故事

直到有一群外地人来到这里

像星星点点的火焰一样

他们赶来

把深藏在地表之下冰冷的恶意

掘出

再把它们像新年的烟火一样

引燃

一个接一个

一片接一片

村庄，在欢天喜地的爆竹声中

迎来了新的生命

这群年轻的外地人，擦干眼角的泪水

手牵着手

走过和平的山坡

从此
再也不会有人把这里叫作雷场
再也不会有残损的身体和恐惧的眼神
从此，这里唯一的名字
是茶园

新路标

边防团副营长杨祥国
今天又矮了 0.1 厘米

他长矮这 0.1 厘米的时候
正在一条巡逻路的终点展开国旗
此时，战友的计步器
定格在 9 万步
数字，或许有些平平无奇
只是，这 9 万步中的每一步
都能拿出来
单独写一场惊心动魄的
动作电影

这条全长 160 公里
却需要六天五夜才能走完的巡逻路
是西藏最危险的边防线
泥石流、雪崩、毒虫
刀背山、刀锋山、老虎嘴、绝望坡……
这些细思极恐的名字，不过是路上
平平无奇的路标

每隔几天，就背着 40 多公斤的背囊走上一遍

这，是杨祥国的工作之一

每背一次，他的身高

就矮了 0.1 厘米

脚下的路，一天天地长

杨祥国，一天天地矮

他从来不喜欢拍 X 光

因为拍出来的脊柱光片

很可能，长得像一个歪脖子老树

可杨祥国还是想继续走下去

因为或许有一天

他的背影

真的会变成一块矮墩墩的石头

那么，这块石头

也就是

战友们的新路标

吾往矣

那天，我没有去送你
因为我在家里收拾背囊
背囊里，是几件
你没来得及带上的东西——
两双本命年红袜子
一张女儿用蜡笔画的祝福卡
一个掉漆的保温杯，还有
半盒胃病特效药
我知道，当你在迷彩服外
套上那件白衣服的时候
你总以为自己是个超人
可只有我知道
白衣下那个柔软的普通人
需要这些，来防身

那天，我没有去送你
因为我不敢看你的背影
你的背影，像极了我的兄弟，我的姐妹，
我的父亲母亲、祖父
和祖母
多少年前，他们也曾像你这样

在夜色里转身

只留下一个背影

他们整整齐齐的背影

像稻禾一样

长高，再长高……

长成一百座城，一千座山村

于是，我们的童年

才得以在金黄的稻田里

奔跑、撒欢

那天，我没有去送你

因为我在家里收拾背囊

一套干净的迷彩，两套换洗衣袜

背心、牙刷、杯子……

人的一生有很多次选择

每次选择，都充满了未知

可唯一确定的是

每一次选择，都会伴随着一次放弃

而我

我选择把最低限度的生活所需

都装着带走

把那些和风细雨的日常

都留下

临行的集合点，到处是道别的电话

我挽高袖子

打完一针酸痛揪心的疫苗

就变成了另一个人

一个剑一样坚硬的人

我在黑夜里转身

笑着向身后的地方挥一挥手——

虽然我的家人并没有来送我

我的这次远行，他们并不知道

也许，我希望他们永远也不会知道

在这个普通的午夜，我轻快地背起行囊

走进队伍里

走进长长的队伍里

和几天前的你

一样

吾往矣

等樱花把我们喊出来

我在等着
等下一个春天，樱花
伸进我的窗口
把我们，从沉重的门里
喊出来

那时候
你已经回到我身边
我们挑一个最普通的清晨
蹲在胖阿姨的小店门口
哈欠连天，又心满意足
一碗热干面杀百鬼，一锅豆皮烫神仙
晚上，我贪婪地吮吸
夜市上空的油烟
用半个夜晚，把小龙虾壳排满一桌
啤酒瓶空了，你说
不慌，我们还有很多一样的

那时候
我们扔掉所有的烦恼
躺在湿润的草地里

欣赏一只蝴蝶的新翅膀

和每一个迎面而来的陌生人

亲热地拥抱

那时候

我们不慌不忙

不再被什么追赶

因为我确定

我们还有很多一样的清晨

和夜晚

战士和他的背影

你的背影和我
之间
隔着喧嚣
隔着春笋般疯长的城市
隔着
汹涌的人潮、喧嚣的电波
以及无数个婴孩安眠的
夜晚

我想穿越这一切去找寻你
你转身
就站在我面前
我张口，却终究无言

因我找不到词语描述你
你又不愿留下名字
而你所做的一切
都与这生机勃勃的大地
息息相关

你的影子

像一颗颗银色的螺钉
在旋转的时空中
在变幻的沧海桑田之中
铆定
那个我们共同深爱的
那个
叫作中国的地方

我知道，总有一天
我们终将归家
我们会再次团圆
像一只只信天翁
横渡时间辽阔的海
飞向它们
筑在春天里的巢穴

和我同名的人

我梦见你在喊我的名字
这名字
在我的一生中
将被重复十五万六千次
每一次，都能换来一次转身
一次注视

冰川，曾在昆仑山脉的皱褶间
走过亿万年
盘古和女娲的脚印
流淌为这五彩而肥沃的土地
这片土地的轮廓线上
整齐地活过多少
与我同名的人
每一次，你呼唤我的名字
他们都会和我
一同转身

我的人生与他们一样
平淡无奇
唯有爱与死

或许还值得一看

可这世上有多少死亡

就有与之成倍的爱

于是，我洗掉

我荒腔走板的十八岁

用斑驳的迷彩色

模糊掉我的脸

我的身躯

我的臂膀

我的名字

……

最后，我只是一个数字

一个代号

一个帽檐

一个称谓……

于是，这世界上

就又多了一个

和我同名的人

每一次，你呼唤我的名字

我们，都会和我

一同转身

让杜鹃成为杜鹃

是什么让杜鹃成为杜鹃
让木棉成为木棉
是什么让恒星成为恒星
让海洋成为海洋

是被风暴折断后
又重新长出的
细细的枝丫
是孤独行走亿万光年后
才在天空
倏忽一瞬的明灭
是在深不可测的黑暗中
依然能够滋养生命的沉默

是什么
让士兵成为士兵
让战士成为战士
是什么
让你成为你
而我成为我

是那些

无人知晓的日与夜、米与秒

是那些粗粝的呼喊

和缄默无言的目光

是那些被月亮悄悄照亮的夜晚

是写好了又删掉的留言

是皮肉与钢铁之间

相爱相杀的迷人岁月

是那些

深藏在皮肤与年轮之下

因拼尽全力而刻在骨髓里的

骄傲的疤

永远微笑的士兵

这是一段漫长的旅途
我们穿过时间上游的一个年份
到达地图边上的一个省份
去探望一个总是微笑的
矮个子士兵

谈起你
我们总会想到一些细小的东西
一颗螺丝钉、一滴水
一粒种子、一缕阳光……
一颗螺丝钉的事业不过是拧紧
一滴水的命运
不过是滋润一寸土壤
可一万枚铆钉都把自己拧紧
就铸就了时代的高速列车
一亿颗雨点都投入大地
参天巨树,也会枝叶茁壮

你走过世纪的交叉口
而我们走过你
就像穿过一场盛大的成人典礼

典礼结束，我们匆匆散去

在各自的旅途中渐行渐远

直至忘了回头

时间的墙壁上

我用手指轻抚

你的脸黑白分明

如同群山之巅深刻的雕像

即使时间冰冷的巨掌

把这时代拉升、延长

可一代代你的传人却选择同样的方式

去做最伟大的翱翔

拥有生命

不过是为了去爱和被爱

拥有名字

不过是为了被记住或被遗忘

我们呼喊着你的名字

却又像是在呼喊千万个自己

我们看见了你

却像看见了自己

……

时间

总是从微小的一秒开始

一切伟大的事物也是这样
多年以前，松脂落下
包裹住一段共同的记忆
多年以后
我们拂去琥珀上的尘埃
发现它宛如凝成了一个微笑

一个微笑就是一粒种子
三月的阳光
斑斑点点洒在你身上
你播下的种子
早已化作绿园
茂密的森林拔地而起
空气中流淌着松柏的芳香

多么庆幸
在漫长的旅途之后
我们终于又找到了你
寻找就是一种抵达
而你
既是终点又是出发

历史温柔而悠长地看着你
永远微笑的士兵
而你，向我们转身

微笑着

行了一个军礼

音符敲打年轮

军号，从地平线上
明亮地升起
乐手们
用手指和嘴唇
为天空带来旗帜与花环
以音符，以乌黑的钢筋
在时空的曲谱上
铸造一座座纪念碑
为这片古老又新生的大地
撑起柔韧的脊梁

指挥棒，沉默的讲述人
它总是用或疾或徐的讲述，唤醒
来自时间深处的记忆
刻在石头上的故事
以及关于信仰、关于血与火
关于前行与牺牲的诗

那些不愿做奴隶的人们
在铁与火之间选择了铁
在呐喊与沉默之间

选择了呐喊

他们，从黑暗中站起

向着明亮的地方奔跑

每一个脚印落下

都震耳欲聋

大地，在这节奏之中颤抖

把自己最年轻的生命压进枪膛

把自己最灿烂的年华洒进泥土

化作春泥

等暴风雨过去

这片大地重又奏鸣出

生命的旋律

这一段漫长的旅程

交响在时空之中

那柔美的笛

深沉的管

那铿锵的鼓

激昂的号

那从回忆深处牵起的

令人心碎的琴弦……

今天，我们静坐在军乐之中

聆听灵魂一遍遍

肃穆地吟唱

明亮与粗粝，热情与冷静

那磅礴的潮汐

那汹涌的风

血与火的节拍

那消失在历史长河中的

声声嘶吼

音符敲打着年轮

一遍又一遍地发出乐音

一遍又一遍地回溯着

最动人的时刻

最壮美的瞬间

于是

大地回声

回声墙

妈妈

我的白裙子破了

漫天的血火和罪恶

像毒蛇一样爬上我的裙裾

兽群在钢铁庇护下

污水一般，涌进奉天

纯白被玷污

人性被践踏

一切美梦焚为焦土

妈妈，那条雪白的裙子

本该成为我的婚纱

如今，却只能成为我的

裹尸布

老师

我的课本丢了

它从书桌跌落地面

像废纸一样

埋在被炸毁的教室里

每天晚上，我一闭上眼

就能看见

那卷了边的书页

看见包着黄皮纸的封面上

有我端端正正的学名

我还能看见

在炮火声响起之前的那节课上

黑板上，还有您用粉笔

写下的四个正楷大字：

我的祖国

弟弟

工厂的钟停了

市井的叫卖

孩子们的嬉闹、机器的轰鸣

热腾腾的炊烟……

一切，都停了

深深夜

我们仰望天空

看见密密麻麻的炮火

像流星

点燃了山林，点燃了村庄

点燃了人群

强盗，用脚底

踩着我们的头颅

用最野蛮的语言喊叫着：

"跪下，要么死去!"

可回答他们的
只有比语言更野蛮的
一双双眼睛

儿子，我的眼睛瞎了
再也哭不出一滴眼泪
要是哭，就能让老天爷听见
那我情愿哭哑嗓子
哭出血来
可他听不见
他听不见！儿子
那我们就拿起枪
自己做一回老天爷！
所以今天
我要用这双哭瞎了的眼睛送你
送你走过高高的山冈
走进长长的队伍
别回头，儿子
在这国难当头的时候
我不会说一句
心疼的话

历史深处的回音
像是一根根刺
刺穿了重重黑夜

当尊严

在炮火声中倒下

当历史

如潮水般退去

便露出了一个个

桀骜不驯的身影

血肉与铁甲的较量

以弱对强的抗争

弹尽粮绝，那就

以白刃，以拳

以齿，以血，以头颅……

他们

将自己的肉身焚尽

像种子一样

播撒在深黑色的泥土之中

这是哪里？

这是他们的祖国

是他们的归处

他们的骨头像旗帜一样种在这里

他们的鲜血像河流一样洗净这里

他们的声音

像春风一样拥抱这里……

是的，因为他们
所以我们

所以，在这里
一年 365 天
每一天
都是英雄祭日
九百六十万平方公里
每一处
皆是忠骨墓地

以钢铁祈祷和平

今天，凌厉的警报
将再次响彻这座城市
警笛，那刺耳的、长鸣的
警笛
将如同一根长满铜锈的长矛
刺穿平静的水面
刺穿时间

今天，浪漫的夫子庙
湖畔的太平门
或者金色蜡梅
刚刚点染枝头的中山陵
都将在同一时刻惊醒
都将肃立，沉默
为那无法忘记的
为那无法原谅的
为那无法抹掉的

今天，我们依然会停住脚步
依然会仰望天空
静默屏息——

对于这座城市
对于这个国家
对于这个民族而言
这份记忆，究竟
意味着什么？

——在挹江门外的纪念馆
12 秒，每隔 12 秒
就会有一滴水从天空落下
掉进黑色的水面
而在 84 年前的南京城
12 秒，每隔 12 秒
就有一个活生生的生命
永远地消失

消失，对于那个冬天来说
甚至是一种幸运，一种慰藉
因为这意味着
肉体不再会被折磨
人们不再会亲眼看见炼狱
不再会亲耳听见亲人最后的嘶喊
不再忍受火焰、焦炭
和鲜血

时间流逝

在无数个 12 秒的滴答声中
鲜红的扬子江
在涛声中渐渐变得澄明
江畔的焦土和残垣
重新生长出绿芽
春风，一次次洗净
这片土地的悲伤
却无法带走
深埋在泥土里的
弹片和骸骨

时间流逝
当见证者们渐渐老去
当遗迹被围上围栏
当语言凝固为文字
当故事成为青铜雕塑
我们
依然会以今天的方式铭记昨天
以未来的名义
祭奠过去

是的，尽管历史和现实
已经清楚地告诉我们：
哪怕满身伤痕，巨人
依然会站起

哪怕脚下是荆棘，队伍

依然会走向远方

哪怕前方有暗流漩涡，巨轮

依然会启航，加速

可是这一刻

当我们站在黑洞洞的纪念碑前

祈祷和平

可每个人的内心却都清醒地知道

祈祷

从来不足以换来和平

那些像牲口一样

被绳索捆着的平民百姓

他们也曾经祈祷

那些脱下军装，像蝼蚁一样

被推倒在江边屠杀的士兵

他们也曾经祈祷

那些像货物一样被运送

被贩卖、被丢弃的女人们

她们，也曾经祈祷

诚心诚意地祈祷

撕心裂肺地祈祷

哭天喊地地祈祷！

······

可祈祷

换不来怜悯
换不来尊重
换不来一条活路

所以，我们战斗
所以，我们冲锋
所以，我们视死如归
前赴后继
我们手握钢铁
把侵略者的气焰打下去
把他们的嚣张打下去
把他们的残忍打下去
把他们的兽性
打下去！
记住，记住
擦亮目光，手握钢铁
枕戈待旦
这，才是祈祷和平的
正确方式

或许，某天
我们可以宽恕
但不可以忘却
或许，我们可以张开怀抱
温柔地拥抱世界

却不可以失去手中
锋利的剑

是的，和平
只能靠我们拿起钢铁
用自己的双手去创造
尊重，只能靠我们不断奋斗
用自己的强大来获得
是的，我们必须握紧手中的剑
用钢铁祭奠青铜
用青春来守卫和平
这，就是铭记的意义
这，就是鸣笛的意义

中央的山

一座山
一座
直立在历史长河
中央的山
多少个年轻的生命
累积成罗霄峰间的石块
成为这座山
高度的一部分

多少个栉风沐雨的背影
纠缠成五指峰下的根脉
顶出这座山
绿荫的一部分

他们被岁月揽在怀中
一遍遍摇荡
他们的故事
被春风吹起
在浓荫里落种
在溪水畔结子

这座山

永远记得他们

他们献出一切

只为从黑暗深处

取出一颗

滚烫的火种

有 人

有人
赤足奔跑
以生命为尺
以鲜红的脚印为寸
丈量信仰

有人
用呐喊撕开生锈的铁皮
以自己的骨和血
去换星星
与火种

有人
瞳仁闪着日光的碎金
在离你最近的地方
凝视黑夜

有人，在边境线上张开双臂
有人，在汗水里砸出鼓点
有人，在哨位上呼吸寒夜
有人，在钢铁里发热

是的，有人
因我们而死
有人
因我们而生

是的，有人
包括你
和我

辑四　绕开前面那朵闪电

绕开前面那朵闪电

台上的月季
廊下的艾草
还在赶路的人
被雨打湿了吗

绕开前面那朵
紫色的闪电吧
那是天空写的诗
只不过
用了惊诧的音节

天空用诗，打开石头
就像用钥匙
打开泥土
打开花朵
打开树木
打开这个雨季

也打开你

骨头敲响骨头

还不到漠然的时候
比起啄食自己的羽毛
思念，是企图用自己的骨头
去敲响
另一块骨头

放下怀里的泥沙
剥掉皮肤，剥掉肌肉
剥掉毫无必要的

自尊、羞怯、胆战
直到只剩下一把
赤裸
躁动的骨头

骨头

了

你应该

你应该吃星星、喝月亮

脚踩火焰般的宝石

去那个

你应该去的地方

你应该生而就是

麦穗里的甜浆

浇灌出星辰和时间

你应该成为一则寓言

一声叹息

就成为整个夏天的积雨云

你应该侮辱语言的可能性

让爱情像个布袋，张开口

把你装进去

再用尽浑身解数，把你甩来甩去

一会儿扔到天上

一会儿扔到地上

你应该骗命运一把

给她讲个笑话

然后

再被她

猜中结局

在嘴唇和牙齿之间

在嘴唇和牙齿之间
吞吐爱情
在星辰与尘埃之间
区别光和影

眼睛看到的是土
耳朵听进心里
就变成了宝石

燃烧的，只有熄灭才是确定性
有人把世界洗劫一空
却还等待着被原谅

日出和日落

像是坐在路边的流浪汉
我们，看过了日出和日落
并且在两者之间
分享食物和水
空气和味道

分享时间
和命运

总有一些会消失
也总有一些
会从消失之中生长出来
我们收拢翅膀和行李
像镰刀，收割秋天和麦田

此后
日出和日落，依然
旁若无人
只是，我们失去了
那时的眼睛

快与慢

一觉醒来
孩子的衣衫短了
头发长了
河水静静地涨过
小时候
撒过欢的田埂
蚕豆嫩紫
荠菜丰满
蛙群
漫山遍野地喊一声
就喊出了夏天

雨水用青苔雕刻三叶虫化石
竹笋和菌子用额头挪开古树的根
珊瑚用鱼群装饰沉舟的遗骸
土豆在角落长出青色的乳牙
你家屋檐下，去年的燕子
正一口一口
筑起她今年的巢

午后，太阳在窗户上
又散步了一轮

收拾芭蕉树下的秋天

风筝歪挂在树杈上
远方一定有个孩子
正在哭泣

我收拾芭蕉树下
刚刚发芽的秋天
举着红色扫帚
打扫从未存在过的庭院
深呼吸
我把南方的整片天空
浸泡在月桂树的香气里
酿成一小杯
敬北方没有味道的城市

属于马蹄糕、莲子羹
和赤豆酒酿元宵汤的秋天
属于黄色毛衣的秋天
属于小路尽头那棵梧桐树的，秋天
我把脸埋在新晒的被子里
就闻见
一整个心满意足的学龄前

此时，远行的人
应当传回一切都好的消息
从未离家的
也要开始收拾冬天的行李
爱着的人
应当学着建筑一间木屋
因为，并不是每个人都值得一个好人
正如里尔克所说，孤独的
一年四季都孤独

秋天
就是这样

豪猪的庭院

这庭院
总是泪水涟涟
总是斜倚在回忆深处的
某个门口
注视着我、提醒我
我也曾肆无忌惮，不可理喻
在她怀里撒娇、哭闹
像个她宠坏了的孩子
像一头横冲直撞的豪猪

——白天，向太阳
竖起一根根愤怒的刺
又翻转身体
袒露出丑陋且软嫩的部分
等待着她
在炊烟升起之后
温柔地搔挠

这座庭院
已经学会沉默
再也无人告诉我

钥匙放在何处
回忆，变成了一次又一次
密码输入错误

四处是面目模糊的黑衣人
他们没心没肺地笑
到处走动
用时间的石块堆砌起
没有缝隙的墙
一根根，拔掉港口的木桩
让归来的航船再也无法靠岸
让转身奔跑的孩子
再也没有
可投入的怀抱

再也没有丛林，再也没有灌木
再也没有草原
豪猪们，学会被圈养
这座庭院
已经学会忍受

时针和分针即将重合

时针和分针即将重合
一扇窄门
渐渐愈合

在此之前，推开门
也许
就能和谁相遇

就像春风摇醒春山那样
你会渴望尝一尝稻米
渴望把手指
插进蒲公英发间

你会静静坐在细雨之中
发现自己
全身都在发芽

那个红灯藏在红灯里面

时间线上的舞蹈
从不停歇

腰膝酸软的年轻人
用尽全身力气
才从生活的躺椅上
站起身来

他们从踏板上
伸出左脚
踩在软绵绵的柏油路上
斑马线，在短视频之间抖动
腰膝酸软的年轻人
在等待前面的红灯
熄灭

那个红灯
藏在下一个红灯里面

天狼星

银色发髻的老女孩
坐在青苔打湿的老街
等雨季来临
等南去的风
把发上的尘土吹干净
等桂树沙沙的低吟
等月亮照亮飘泊的云
等一个人
从这路口经过
天地回音

一年一年
逆着时间的人
一声一声
呼唤沉默
她摸着那些读不懂的信
长出了皱纹

等待，等
等一个漫长又短暂的约定
一辈子太短

只来得及记住一个背影
可那个人若不来
这场思念
该由谁证明

春天，她站在涨潮的河岸
双脚一寸一寸消失
如同光阴
于是，所有的等待
都化作射向天空的箭矢
消失在
天狼星

泸沽湖说

当我遇见你的时候
火塘边的外祖母
正在天上注视着我
当我吻你的时候
远方的闪电
正在亲吻岸边的夜色

一滴水，流成一片湖
一片湖，流成一片海

就让风中的水波
把我一层层推向岛屿
和海里的云朵
就让云朵
把我藏进那一天
傍晚的篝火

还是不敢睁开眼
一睁开眼，就会溢出
半个泸沽湖的湖水
还是不敢闭上眼

一闭上眼
就会听见
你在呼唤我

走吧，走吧，你说
别回头
别回头看我
回吧，回吧，你说
因为我会在这里
等着

格　姆

格姆女神峰
温柔地把翡翠盖毯
轻轻披在行人肩上
——她习惯于把骨刺
藏在暗处

这温柔的山啊
为什么你看不见山呢
她弧线曲折，弧线丰满
躯干柔软，皮肤柔软
心跳和呼吸
都柔软

出走的少年只看见自己
看不见山

回不去的村庄
还在格姆女神的怀里睡着
她不在乎少年是否回家
因为家永远都在
消失的

只是少年

格姆女神怀里的村庄啊
雨水啊，大地啊
一万次出走又归来的孩子们啊
纷纷在她怀里
出生，相爱，老去

老旧的房屋褪去皮囊
一次次变新，又变旧
书页似的耕田
一次次长出庄稼
喂养人群
又被收割

青色的屋顶
白色的瓦
平静地喜欢着
泫然欲泣

图书在版编目（CIP）数据

握过月光的手 / 许诺著. -- 武汉 ：长江文艺出版社，2024.6

（第 39 届青春诗会诗丛）

ISBN 978-7-5702-3467-7

Ⅰ. ①握… Ⅱ. ①许… Ⅲ. ①诗集－中国－当代 Ⅳ. ①I227

中国国家版本馆 CIP 数据核字（2024）第 006330 号

握过月光的手

WO GUO YUE GUANG DE SHOU

特约编辑：曾子芙

责任编辑：胡 璇　　　　　　责任校对：毛季慧

封面设计：璞 闫　　　　　　责任印制：邱 莉　 王光兴

出版：长江出版传媒 | 长江文艺出版社

地址：武汉市雄楚大街 268 号　　 邮编：430070

发行：长江文艺出版社

http://www.cjlap.com

印刷：湖北恒泰印务有限公司

开本：880 毫米×1230 毫米　　 1/32　　 印张：5

版次：2024 年 6 月第 1 版　　　 2024 年 6 月第 1 次印刷

行数：3443 行

定价：52.00 元